JN419653

그립은 흘긴 눈

현진건 지음

내케북스

작가 소개

현진건(玄鎭健, 1900~1943)은 일제강점기 조선 문단을 대표하는 사실주의 소설가이자 언론인으로, 식민지 현실을 날카롭게 포착한 문학적 성취와 더불어 민족적 저항의식을 실천한 지식인이다. 1900년 대구에서 개화파 계열의 집안에 태어나 일본 도쿄 세이조중학교에 이어 상하이 후장대학 등에서 유학하며 국제 정세와 민족 문제에 눈을 떴다. 이러한 해외 경험은 그의 문학관과 민족의식 형성에 중요한 토대를 제공했다.

1920년 《개벽》에 〈희생화〉를 발표하며 등단한

이후 〈빈처〉, 〈술 권하는 사회〉, 〈운수 좋은 날〉, 〈고향〉 등 여러 단편을 통해 폐색된 식민지 일상, 궁핍과 부조리에 직면한 소시민·지식인의 삶을 예리한 구성과 간결한 문체로 형상화했다. 현실의 비극을 정면으로 끌어와 독자에게 윤리적 자각을 환기하는 그의 단편들은 한국 근대 단편소설 형식의 성숙을 이끈 대표적 성과로 평가받는다.

식민지 조국이라는 억압 상황에서 민족적 문제의식을 사실주의 문학으로 전개한 작가군을 논할 때, 비슷한 시기 활동한 염상섭과 함께 현진건이 자주 거론된다. 현진건의 항일적 태도는 가계와 경험에서도 자극을 받았다. 형 현정건이 상하이 독립운동 단체 활동으로 체포된 일 등 집안의 독립운동 경력은 그의 민족의식을 각성시키는 중요한 배경이 되었다.

그는 언론계에 몸담으며 조선 사회 현실을 보도했고, 민족 정체성과 역사 인식을 고취하는 글

쓰기를 지속했다는 평가를 받는다. 일부 전기 자료는 그를 '독립운동가'에 포함하기도 하며 그의 활동을 문학·언론을 통한 민족운동의 일환으로 설명한다.

특히 1936년 베를린 올림픽에서 손기정 선수가 마라톤 금메달을 딴 뒤 벌어진 '일장기 말소 사건'에서 현진건도 당시 동아일보 사회부장으로 사건에 연루되어 체포·문초를 당하고 옥고를 치르기도 했다. 이 일로 출옥 후 그는 언론계를 떠나야 했고, 검열과 탄압 속에서도 장편 역사소설 《적도》, 《무영탑》, 미완의 《흑치상지》 등을 집필하며 역사 서사를 통해 민족혼을 환기하려 했다. 일제에 끝까지 저항했기 때문에 말년에는 경제적 어려움이 극심했으나 한결같이 친일 노선과 거리를 두고 창작을 이어갔으며, 1943년 지병으로 별세했다.

차례

일러두기
- 원문의 한자를 되도록이면 한글로 바꾸었고 이해하기 불가능
  한 경우가 아니라면 원문 자체의 느낌을 생생하게 전달하기 위
  해 방언, 구어체 표현, 옛스러운 표현 등은 그대로 두었다.
- 모든 주석은 편집자 주다.

희생화

1

어머님은 우리 남매를 다리고 사직골 막바지에서 쓸쓸한 가정을 이루어 있었다.

우리 아버지는 내가 세 살 먹던 가을에 돌아가셨다 한다. 어머님께서 시시로[1] 눈물을 머금고 아버지께서 목사로 계시던 것이며, 그 열렬한 웅변이 죄많은 사람을 감동시켜 하느님을 믿게 하던 것이며, 자기 몸은 조금도 돌아보지 아니하고 교회 일에 진심갈력(盡心竭力)[2] 하던 것을 이야기하신다. 나보담 사 년 맏이인 누님은 이 말을 들을 적마다 그 맑고 고운 눈에 눈물이 어리었다. 철모르는 나는 그 이야기보담 어머님과 누님이 우는 것이 슬퍼서 눈물을 흘리었다.

집안은 넉넉지는 아니하나마 많지 않은 식구

---

1 가끔.
2 마음과 힘을 있는 대로 다함.

라 아버지 생전에 장만하여 주신 몇 섬지기나 추수하는 것으로 기한[3]은 면할 수 있었다.

아버지의 감화인지는 모르나 어머님은 우리 남매를 학교에 다니게 하였다. 벌써 십여 년 전 일이라 누님 공부시키는 데 대하여 별별 비평이 다 많았다. 그러나 어머님은 무슨 까닭에 여자 교육이 필요한 것인 줄은 모르셨겠지마는 아마 여자도 교육시키는 것이 좋은 줄로 아신 것 같다.

2

누님은 십팔 세의 꽃 같은 처녀로 ○○학교 여자부 사 년급에 우등 성적으로 진급되고 나도 그 학교 이 년급에 진급되던 봄의 일이다.

나의 손을 붉게 하고 내 얼골을 푸르게 하던 치위[4]는 없어진 지 오래이다. 햇볕은 따뜻하고

———
3 굶주리고 헐벗어 배고프고 추움.
4 '추위'의 옛말.

바람 끝은 부드럽다. 잔디밭에는 새싹이 돋아나고 개나리와 진달래는 벌써 산야를 붉고 누르게 수놓았다.

어느덧 버드나무 얽힌 곳에 꾀꼬리는 벗을 찾고 아지랑이 희미한 하늘에 종달새는 높이 떴다.

우리 집 뜰 앞에 심어둔 두어 나무 월계화도 춘군(春君)의 고운 빛을 나도 받았노라 하는 듯이 난만(爛漫)히[5] 피었었다.

하룻날 떠오르는 선명한 햇빛이 어렴풋이 조으는 듯한 아츰 안개에 위황(煒煌)[6]한 금색을 흩을 적에 누님은 가늘게 숨 쉬는 춘풍에 머리카락을 날리며 어리인 듯이 월계화를 바라보고 섰다. 쏘아오는 햇발이 그의 눈을 비추니 고개를 갸웃하며 한 손을 이마 위에 얹고 눈을 스르르 감더니 아즉도 어슴푸레하게 조으는 월계화 그늘에 몸을 숨기매 이슬 젖은 꽃송이가 누님의 빰을 스

---

5 (꽃이) 활짝 많이 피어 화려함.
6 밝게 빛나다.

친다. 손으로 가벼이 화판⁷을 만지며 고개를 숙
여 꽃을 들여다본다…….

　나도 한참 누님과 월계화를 바라보다가 학교
에 갈 시간이나 아니 되었나 하고 방에 걸린 시
계를 보니 아니나 다를까 벌써 시간이 다 되어간
다. 급히 건넌방에 들어가 책보를 싸 가지고 나
오며,

　"누님, 어서 학교에 가요. 벌써 시간이 다 되었
어요."

　"응, 벌써!"

하고 누님은 내 말에 놀라 돌아서더니 허둥허둥
건넌방에 들어가 책보를 싸더니 또 망연히 앉아
있다.

　"어서 가요."

　나는 조급히 부르짖었다. 누님은 또 한 번 놀
라 몸을 일으켰다.

———

7 꽃잎.

요사이 누님의 하는 일이 매우 이상하였다. 그 열심히 하던 공부도 책을 보다가 말고 망연히 자실하여 먼 산만 멀거니 바라보고 있을 적이 많았다. 누님이 잠은 어머님을 뫼시고 큰방에서 자되 공부는 나를 다리고 건넌방에서 하였으므로 누님이 정신 잃고 앉은 것은 여러 번 보았다.

그날 밤 새로 한 시나 되어 잠을 깨니 갑자기 뒤가 보고 싶었다. 나는 급히 일어나 뒷간에 갔었다. 뒤를 보고 나오니 이미 이지러진 어스름 반달이 중천에 걸리어 있다. 나는 달을 치어다보며 한 걸음 두 걸음 마당 가운데로 나왔다. 뜰 앞 월계화는 희미한 달빛에 어슴푸레하게 비치는데, 꽃 사이로 하야스름한 무엇이 보인다. 자세히 보니 누님이 꽃에다 머리를 파묻고 서 있다. 그의 흰 옥양목 겹저구리가 내 눈에 뜨임이라. 왜 누님이 저기 저러고 서 있나? 온 세상이 따뜻한 봄의 탄식에 싸이어 고요히 잠든 이 밤중에 무슨 까닭으로 나와 섰나? 나는 어린 가슴을 두

근거리며,

"누님, 거기서 무엇 해요?"

내 소리에 깜짝 놀랐는지 몸을 움칫하더니 아무 대답이 없다. 가만가만히 가까이 가서 어깨를 가볍게 흔들었다. 숨을 급히 쉬는지 등이 들먹들먹한다. 나오는 울음을 물어 멈추는지 가늘고 떨리는 오열성(嗚咽聲)이 들린다. 나는 바싹 대들어 누님의 얼골을 보았다.

분결 같은 두 손 사이로 보이는 얼골은 발그레 하였다. 나는 웬일인가 하고 얼골 가린 두 손을 힘써 떼었다. 두 손은 젖어 있었다. 누님의 두 눈으로 눈물이 흘러나린다. 구슬 같은 눈물이 점점이 월계화에 떨어진다. 월계화는 그 눈물을 머금어 엷은 명주로 가린 듯한 달빛에 어렴풋이 우는 것 같다. 누님의 머리는 불덩이같이 더웠다.

"왜 안 자고 나왔니……?"

하며 내 손을 밀치는 그 손은 떠는 듯하였다. 나는 목멘 소리로,

"누님, 왜 우셔요? 네?"

하고 내 눈에도 눈물이 핑 돌았다.

이슬에 젖은 꽃향기는 사랑의 노래와 같이 살근살근 가슴을 여의고 따뜻한 미풍은 연애에 타는 피처럼 부드럽게 뺨을 스쳐 지나간다. 이런 밤에 부드러운 창자에 느낌이 없으랴! 꽃다운 마음에 수심이 없으랴!

철모르는 나는,

"누님, 어서 들어가셔요."

하고 누님의 손목을 이끌었다. 맥이 종작없이 뛰는 것을 감각하였다. 누님은 눈물을 씻으며,

"먼저 들어가거라, 나도 곧 들어갈 것이니……."

하였다.

"대관절 웬일이야요? 어데가 편찮으셔요?"

"아니, 공연히 마음이 뒤숭숭하구나."

하더니 한 손으로 월계화 가지를 부여잡고 이마를 팔에다 대며 흑흑 느끼어 운다.

어스름 달빛은 쓰린 이별에 우는 눈의 시선같이 몽롱하게 월계화 나무 위에 흘러 있다.

3

이틀 후 공일날 누님과 나는 창경원 구경을 갔었다.

창경원 사쿠라꽃이 한창이란 기사가 수일 전부터 신문에 게재되고 일기도 화창하므로 구경꾼이 구름같이 모여들어 넓으나 넓은 어원(御苑)이 희도록 덮여 있다. 과연 사쿠라는 필 대로 피어 동물원에서 식물원 가는 길 양편에는 만단홍금(萬段紅錦)을 펼친 듯하다.

"국주(國柱)야, 우리는 동물원은 그만두고 저 잔디밭에 앉아 꽃구경이나 실컷 하자?"

누님은 찬성을 구하는 듯이 나를 들여다보며 웃는다. 나도 짐승 곁에 가니 야릇한 무슨 냄새가 나던 것을 생각하고,

"그럽시다."

라고 곧 찬성하였다.

우리는 길옆 잔디밭 은근한 편 소나무 밑에 좌정하였다. 붉은 놀 같은 꽃다리 밑으로 지나가는 흰옷 입은 유객(遊客)[8]들이 꽃빛에 비치어 불그스름해 보이는 것이 말할 수 없는 춘흥을 자아낸다. 어린 나도 따뜻한 듯한 부드러운 듯한 봄의 기쁨을 깨달아 웃는 낯으로 누님을 돌아보니 누님은 나직이 한숨을 쉬며 고개를 숙이더니, 푸른 풀 사이에 핀 누른 꽃을 하나 꺾어 뺨에다 대인다. 무슨 걱정이나 있는 듯이 눈살을 찌푸렸다. 나는 그날 밤에 누님이 월계화 사이에서 울던 광경을 가슴에 그리면서 유심히 누님의 행동을 살피었다.

누님이 얼굴에 수색을 띤 것이 퍽 애처로워서 무슨 이야기를 하여 누님의 흥미를 끌까 하고 곰

---

8 유람하는 사람.

곰 생각하며 이리저리 살피었다.

　우연히 식물원 편을 바라보다가 그곳을 가리키고 누님을 흔들며,

　"저기를 좀 보셔요."

하였다. 웬일인지 누님은 깜짝 놀란다. 곤한 잠을 깬 사람에게 흔히 있는 표정으로 내가 가리키는 곳을 바라본다. 거기서 우리 학교 교복을 입은 학생 하나가 이리로 나려온다. 그는 우리 학교 사 년급 급장이었다. 누님이 한참 멀거니 바라보다가 두 추파가 마주친 것 같다. 누님은 고개를 숙이었다. 나는 누님의 귀밑이 발그레진 것을 보았다. 누님이 내 무릎을 꼭 잡으며,

　"거기 무엇이 있다고 날다려 보라니?"

　간신히 귀에 들리리만큼 말하였다.

　"아야! 아이고 아파요. 왜 저이를 모르셔요? 그이가요, 이번에 첫째로 사 년급에 진급한 이야요. 공부를 썩 잘하고 또 재조가 비범하대요. 게다가 얼골이 저렇게 잘났겠지요."

나는 바로 내나 그런 듯이 기뻐하면서 입에 침이 없이 칭찬하였다. 누님은 부끄럽게 웃으며,

"왜 내가 그를 모른다디? 사 년이나 한 학교에 다녔는데…… 그래 그 사람 보라고 사람을 흔들고 야단을 했니?"

"그러면요……. 그런데요, 어저께 내가 누님보다 좀 일찍이 나왔지요? 집에 오니까 어머님 친구 몇 분이 오셨는데 누님 칭찬이 야단입디다. '어쩌면 인물도 그다지 잘나고 재조도 그렇게 좋을꼬. 참 복 많이 받았습니다' 라고요. 나는 그 말을 듣고 춤이라도 출 듯이 기뻐하였어요, 저 사람도 장하지만 누님은 더 장해요."

나는 그 사람을 너무 칭찬하여 행여나 누님이 그에게 질까 보아서 또 한참 누님을 추어 올렸다. 누님은 또 얼골을 붉히며,

"너는 별소리를 다 하는구나, 누가 네게 칭찬 듣고 싶다디?"

우리가 이런 수작을 하는 틈에 그가 벌써 우리

앞을 지나가며 슬쩍 누님을 엿보았다. 두 시선은 또 한 번 마주쳤다. 누님의 얼굴은 갑자기 다홍빛을 띠었다. 그가 중인총중(衆人叢中)[9]에 섞이어 점점 멀어 가는 양을 누님이 물끄러미 바라본다. 그는 나가버렸다. 누님의 눈이 이리로 도는 바람에 그 사람의 뒤꼴을 보는 누님을 도적해 보던 내 눈이 잡히었다.

"너는 남의 얼굴을 왜 빤히 들여다보니?"
하고 누님의 얼굴은 또다시 붉어졌다.
"보기는 누가 보아요?"
하고 나는 빙그레 웃었다.

4

그 이튿날 아츰에 누님은 좀처럼 바르지 않던 분을 약간 바르며 더럽지도 않은 옷을 벗고 새

---

9 많은 사람들의 무리 속.

옷을 갈아입었다.

"네가 오늘은 웬일이냐?"

하고 어머님이 의아해하신다. 누님이 머뭇머뭇하더니 어린애 모양으로 어머님 가슴에 안기며,

"제가 오늘은 퍽 잘나 보이지요?"

하고 웃는다. 그 웃음과 함께 누님의 얼굴에 홍조가 퍼진다. 과연 오늘은 누님이 더 어여뻐 보였다. 두 손으로 기운 없이 뒤로 큰 방문을 짚고 비스듬히 문에다 몸을 반만 실려 웃는 양이 말할 수 없이 어여뻤다. 어리인 우유에 분홍 물을 들인 듯한 두 뺨은 부풀어 오른 듯하고, 장미꽃빛 같은 입술이 방실 벌어지며 보일 듯 말 듯이 흰 이빨이 번쩍거린다. 춘산(春山)을 그린 듯한 눈썹은 살짝 위로 치어 오른 듯하며 그 밑에서 추수(秋水)같이 맑은 눈이 웃음의 가는 물결을 친다.

어머님이 누님을 보고 웃으시며,

"언제는 못났디?"

"그런데 오늘은요?"

누님이 되질러 묻는다.

"오냐, 오늘은 더 이뻐 보인다."

"어머님, 정말이야요?"

하고 누님은 또 빵긋 웃는다. 수색(羞色)에 싸인
희색(喜色)이 드러난다.

"오늘은 정말 더 이뻐 보인다. 너의 부친이 보
셨던들 작히[10] 기뻐하시겠니?"

하시며 어머님의 눈에는 눈물이 스르르 어리었
다. 곱게 빛나던 누님의 얼골에도 구름이 끼인
것 같다. 그러나 얼마 아니 되어 그 구름이 스러
지고 또다시 기쁨과 희망의 빛이 번쩍거린다.

우시는 어머님을 민망히 바라보던 누님이 지
은 듯한 슬픈 어조로,

"어머님, 마음 상하지 마셔요."

하였다.

"얘, 시간이 다 되었겠다. 내 걱정일랑 말고 어

---

10 얼마나.

서 학교에나 가거라."

하고 어머님은 눈물을 삼키셨다.

우리는 책보를 끼고 나섰다.

학교 문턱에 들어서니 종소리가 들린다. 우리는 달음박질하여 들어갔다.

전교 생도가 다 모였다. 모두 행렬과 번호를 마치자,

"기착(氣着)[11], 경례, 출석원 도합 ○○명."

이라 하는 카랑카랑한 소리가 들리었다. 그는 사 년급 급장의 소리다. 이 소리가 끝나자 여자부 편에서도 이와 같은 호령과 보고를 하는 소리가 들리었다. 그는 옥을 바수는 듯한 날카로운 소리였다. 그는 우리 누님의 소리다. 오날은 웬셈인지 이 두 소리가 나의 어린 가슴을 뛰게 하였다.

그다음 토요일 하학한 후에 교우회가 모인다고 사 년급 생도들이 학교 문을 걸고 파수를 보

---

11 '차렷'의 일본식 표현.

며 철없는 일 이 년급들이 나가는 것을 막으셨
다. 우리가 늘 모이는 강당에 들어가니 벌써 이
편에는 남학생, 저편에는 여학생이 빽빽이 앉아
있었다. 나도 거기 앉았노라니 무엇이니 무엇이
니 하고 한참 야단들이더니 얼마 아니 되어 사
년급생이 흰 종잇조각을 돌리며,

"지육부(智育部) 간사 투표권이요, 한 장에 한
명씩 쓰시오."

하며 외친다. 내 곁에 앉은 녀석이 똑똑한 체로,

"유기명 투표야요, 무기명 투표야요?"

묻는다.

"물론 무기명 투표지요."

아까 외치던 사 년급생이 대답한다. 저편에서,

"무기명 투표란 무엇이오?"

하는 녀석이 있다.

"그것도 모르면서 회(會)할 적마다 집에만 가
려고 하지! 무기명 투표란 것은 선거자의 이름
을 쓰지 않는 것이오."

꾸짖는 듯이 그 사 년급생이 말하고 기색이 엄숙하다. 나는 무의식적으로 단박 사 년급 급장의 이름을 썼다. 필경 남자부에는 최다점으로 그가 선거되고, 여자부에서는 최다점으로 우리 누님이 선거되었다.

그 후부터 누님이 간사회 한다, 지육부 간사회 한다 하고 저녁 먹고 나가면 밤 아홉 점 열 점이나 되어 돌아오는 일이 빈빈(頻頻)[12]히 있었다. 그 회에 갈 적마다 안 보던 거울도 보고 늘어진 머리카락도 쓰다듬어 올리며 옷고름도 고쳐 매었다.

하룻밤은 누님이 지육부 간사회 한다고 저녁 먹고 나가더니 열 점 반이 되어도 돌아오지 않는다. 어머님은 별별 염려를 다 하시다가,

"너 누이가 여태껏 돌아오지를 않니? 회는 벌써 끝났을 것인데. 너 좀 가보아라."

나는 두루막을 입고 집을 나와 사직골 막바지

---

12 몹시 많거나 잦게.

로부터 광화문통에 가는 길로 타박타박 걸어간다. 달도 없는 오월 그믐밤이었다. 전등도 별로 없고 행인도 희소한 어둠침침한 길을 걸어가려니 무시무시한 생각이 난다. 나는 무서운 생각을 쫓느라고 발을 쾅쾅 구르며 '하나, 둘' 하고 달음박질하였다.

한참 뛰어가니 숨이 헐떡거리고 진땀이 흐른다. 모자를 벗어 부채질하면서 천천히 걸어간다. 내 앞 멀지 않은 곳에 이리로 향하여 젊은 남녀가 짝을 지어 올라온다. 그는 남학생과 여학생이었다! 그와 누님이었다! 나는 가슴이 설렁하며 일종 호기심이 일어났다. 살짝 남의 집 담 모퉁이에 은신하였다. 둘은 내가 거기 숨어 있는 줄은 모르고 영어로 무어라고 소근소근거리며 지나간다. 그중에 이 말이 제일 똑똑히 들리었다.(그때는 몰랐지만 지금 생각하니 아마 이 말인 것 같다.)

"Love is blind.(사랑은 맹목적이라지요.)"

라니까 누님은 소리를 죽여 웃으며,

"But, our love has eyes!(그런데 우리의 사랑
은 보는 사랑이지요.)"

하였다. 그들이 지나가자 나도 가만가만 뒤를 따
랐다. 어두운 속이라 누님의 흰 적삼이 퍽 눈에
뜨인다. 전등 켠 뉘 집 대문 앞을 지날 때에 나는
그의 바른손이 누님의 왼손을 꼭 쥔 것을 보았
다. 나는 웬일인지 싱긋이 웃었다. 그들이 행여
나 나를 돌아볼까 보아서 발자취를 죽이고 남의
담에 몸을 부비대며 꽤 멀리 떨어져 갔었다. 우
리 집 가까이 와서 둘이 걸음을 멈추더니 서로
악수를 하고 또 악수를 하는 것 같았다. 연연(戀
戀)히[13] 서로 떠나기를 싫어하는 것 같다. 한참이
나 그리하다가 그가 손을 놓고 또 무어라고 한참
수군거리더니 그가 돌아서 온다. 누님은 우리 집
문 앞에 서서 한참 그의 가는 양을 바라보고 서

---

13 애틋할 정도로 그립게.

있다. 그는 또 내 곁으로 지나간다. 그의 걸음걸이는 허둥허둥하였다. 그가 지나간 후 나는 달음박질하여 집에 돌아왔다. 대문턱에 들어서니 어머님과 누님의 문답하는 소리가 들린다.

"왜 그처럼 늦었니? 나는 별별 근심을 다 했다."

"오늘은 상의할 일이 좀 많아서……"

누님이 머뭇머뭇한다.

"그 애는 어데로 갔니? 같이 오지를 안 하니? 오는 길에 못 봤어?"

어머님이 묻는다.

"그 애가 어데로 갔을꼬……? 길에서 만났을 것인데."

누님이 걱정한다.

나는 안방 문을 열고 시침을 뚝 따고,

"누님 인제 왔어요?"

하고 빙그레 웃었다. 어머님은 놀라며,

"너 뺨에, 옷에 맨 흙투성이니 웬일이냐?"

하신다.

"담에 붙어 와…… 아니야요. 저 저……"
하고 누님을 보고 빙글빙글 웃었다. 누님의 얼굴
은 또 발개졌다.

5

그 후 더운 날 달밤에 누님은 친구하고 어데를
간다, 어데를 간다 하고 자조자조 나갔었다. 누
님은 늘 나를 따돌리고 혼자 나갔으므로 푸른 풀
잦아진 곳과 달빛 고요한 데에서 그와 누님이 만
나 꿀 같은 사랑의 속살거림을 몇 번이나 하였는
지 나는 모른다.

누님의 출입이 자조롭고 기색이 수상하였던
지 어머님이,

"인제 네가 어데 나가거든 꼭 네 동생을 다리
고 다녀라."
하신 뒤로는 누님이 집에 들면 공연히 짜증을 내
며 하염없는 수색(愁色)이 적막한 화용(花容)을

휩쌌었다. 그리고 때때로 머리가 아프다 하며 이불을 쓰고 누웠었다.

하로는 우리가 점심을 마친 후 누님이 날더러,

"너 나하고 남산공원에 산보 가련?"

하였다. 그때는 유월 염천이라 더운 기운이 사람을 찌는 듯하였다. 나도 거기 가서 서늘한 공기도 마시고 무성한 초목으로부터 뚝뚝 뜯는 취색(翠色)에 땀난 몸을 씻으리라 생각하고 곧,

"네."

하였다.

우리는 광화문통에서 전차를 타고 진고개를 거쳐 남산공원을 올라갔었다. 저편 언덕 위에 그가 기다리기 지리(支離)하다 하는 듯이 앉았다가 일어섰다가 하는 것이 보였다. 누님이 갑자기 돌아서 나를 보며,

"너 이것 가지고 진고개 가서 과자 좀 사와! 응?"

하며 돈 20전을 주었다. 나는 급히 진고개로 나

왔다. 얼른 과자를 사 가지고 가본즉 그와 누님
은 그림자도 보이지 않는다.

"어데로 갔을까?"

나는 누님이 무슨 위험한 곳에나 간 것같이 가
슴이 팔딱거리었었다. 이리저리 아모리 살펴도
그들은 없다. 나는 이편으로 기웃기웃, 저편으로
기웃기웃하였다. 한참이나 취색이 어린 남산 정
상을 치어다보다가 또다시 걸어갔었다. 한동안
걸어가도 보이지 않는다.

'아이고, 어데로 또 그만 가 버렸어? 이리로는
아마 아니 갔나 보다.'
하고 돌아서 오던 길로 도로 온다. 갔던 길로 도
로 오려니 픽 먼 것 같다.

"에이그, 그동안에 내가 픽도 걸었네."

속으로 중얼중얼하였다. 골딱지가 나니까 더
더운 것 같다. 대기는 햇불에 와글와글 끓는 것
같다. 나는 이 대기에 잠기어 몸이 삶아지는지?
땀이 줄줄 흘러나리고 숨은 헐떡헐떡 차오른다.

모자를 벗으니 머리에서 김이 무럭무럭 난다. 나는 부글부글 고여 오르는 심술을 억지로 참으며 아까 그가 있던 곳까지 돌아왔다.

"어데로 갔을까? 저리로 가 보자."

혼잣말로 투덜거리고 아까 갔던 반대 방면으로 걸어갔었다. 한동안 걸어가도 그들은 또 보이지 않는다. 참고 참았던 짜증이 일시에 폭발이 되었다. 잔디밭에 털썩 주저앉아 엉엉 울었다. 풀들을 쥐어뜯으며 한참 울다가 하도 내가 어린애 같은 것이 부끄럽고 우스웠다. 그렁그렁한 눈물을 씻고 희희 한 번 웃은 뒤 이리저리 또 살펴보기 시작하였다.

저편, 좀처럼 사람 눈에 뜨이지 않을 소나무 그늘 밑에 그들이 나란히 앉아 있는 것을 보았다. 나는 잃었던 보배를 발견한 듯이 기뻐하였다.

"누님! 거기 계셔요?"

고함을 지르고 뛰어가려다가 에라 무슨 이야기를 하는지 좀 엿들으리라 하고 어느 밤에 그들의 뒤를 따라가던 모양으로 가만가만 걸어 가까이 갔었다. 한낮이므로 유객 하나 없고 바람 한점 불지 않는다. 더운 공기는 기름 언 것 같이 조금도 파동이 없다. 남이 들을까 보아서 가만가만히 하는 이야기도 낱낱이 내 귀에 들리었다.

"물론 그렇게 해야요. 그런데 요사이는 어째 볼 수가 없어요?"

그가 말하였다.

"어머님께서 어데 나가게 하셔야지요, 나가거든 꼭 네 동생을 다리고 다녀라 하시겠지요. 그래서 오날도 같이 왔지요."

그리고 누님이 웃으며 말을 이어,

"딴 이야기 하노라고 잊었구려, 기다리신다고 오죽 지리하셨겠어요?"

"한 시간이나 넘어 기다렸어요. 오날도 아마 못 오시는가 보다 하고 그만 가버릴까까지 하였어요."

"네? 가버릴까 하였어요? 제가 언제 약속 어

긴 일이 있어요? 저는 어찌 급했던지 점심을 먹는데 밥이 입으로 들어가는지 코로 들어가는지 몰랐어요."

둘이 웃는다. 나도 웃었다. 나는 어린애가 꽃에 앉은 나비를 잡으려 간 때에 가는 걸음걸이로 한 걸음 두 걸음 가까이 갔었다. 사랑하는 이들은 달디단 이야기에 얼이 빠져 사람 오는 줄도 모른다. 그들 앉은 소나무 뒤에 살짝 붙었었다. 두 어깨는 닿아 있고 누님의 풀린 머리카락이 그의 뺨을 스친다. 그와 누님의 눈과 입에는 정이 찬 웃음이 넘친다. 그러다가 두 손길을 마주잡고 실심한 사람 모양으로 멀거니 서로 들여다본다. 누님의 몸으로부터 발산하는 따뜻하고 향기로운 기운에 나도 싸인 것 같았다. 나는 와락 달려들며,

"누님, 여기 계셔요? 나는 어데 가셨다고……아이 사람 애도 퍽도 먹이시지!"

둘은 깜짝 놀래었다. 누님의 모시 적삼이 달싹

달싹하는 것을 보고 누님의 가슴이 팔딱거리는 구나 하였다.

그는 시치미를 뚝 따려 하였으나 '부끄럼'이란 원소가 얼골에 퍼뜨리는 붉은빛을 감출 길이 없었다.

"에그, 나는 누구라구, 퍽도 놀랐다."

누님은 두근거리는 가슴을 한 손으로 어루만지며 말하였다. 누님이 그를 향하며,

"이 애가 제 동생이야요, 아직 철이 안 나서…… 많이 사랑해주요."

한 뒤 나를 보고 그를 눈으로 가리키며,

"너 이보고 이훌랑은 형님이라 하여라."

"어쩨서 형님이라 해요?"

내가 애를 먹였다. 누님의 얼골은 새빨개지며 나를 흘겨본다.

"왜 누님 성나셨소? 그러면 형님이라 하지요." 하고 어리광을 부리며,

"형님, 누님! 과자 잡수셔요."

하고 쥐었던 과자를 앞에 내놓았다. 누님이 나를 보고 방그레 웃으며,

"우리는 먹기 싫으니 너 혼자 저쪽에 가서 먹고 있거라. 우리 갈 때 부를 것이니……"

나도 길게 방해 놀기가 싫었다. 과자를 쥐고 나와 풀밭에 앉아 먹으면서 혼잣말로,

"내 뱃속에 영감쟁이가 열둘이나 들어앉았는데 어린애로만 여기지……"

하고 웃었다.

그 긴긴 해가 벌써 서산에 걸리었다. 낙조에 비치는 녹수(綠水)와 방초(芳草)[14]는 불이 붙은 것같이 붉어 보인다.

나도 이 동안에 픽도 심심하였다. 풀을 자리 삼아 눕기도 하고, 기지개도 켜고 몸을 비비 틀기도 하며 곡조도 모르는 창가를 함부로 부르기도 하였다. 이제나 올까, 저제나 부를까 고대고

---

14 푸른 물과 향기로운 풀.

대 하여도 그 둘의 그림자는 어른도 아니한다. 무슨 이야기가 그렇게 많은고. 아마 사랑하는 사람끼리의 이야기는 끝이 없는가 보다. 벌써 이야기한 것이 수만 마디가 넘건마는 말 몇 마디 못하여 해는 어이 수이 가나 하는 것이다.

남산 밑 풀과 나무에 빛나던 붉은빛은 점점 걷히고 모색(暮色)[15]이 가물가물 쳐들어온다. 햇빛은 쫓기어 남산 정상을 향하여 자꾸 기어올라가더니 남산 맨 꼭대기에 옴츠리고 앉았을 뿐이다.

검푸른 저문 빛이 남산 밑을 에워싸자 정상에 비치는 햇빛조차 스러지고 저편 하늘에 붉은 놀이 흰 구름을 붉고 누렇게 물들인다.

나는 참다 못하여 몸을 일으켜 그곳으로 갔다. 어두운 빛에 놀랐는지 그들도 일어섰다. 나는 걸음을 멈추고 나무로 깎아 세워 놓은 사람 모양으로 주춤 섰다. 누님의 걱정스러운 떨리는 소리가

---

15 날이 저물어 가는 어스레한 빛.

나의 이막(耳膜)을 울림이라.

"K 씨! 우리가 목전에 즐거움만 다행히 여겨
그냥 이리 지내다가는 우리의 꿈 같은 행복이 끝
에는 소태 같은 고통으로 변할 것 같아요. 우리
각각 꼭 아까 말한 것과 같아야 됩니다."

"아모럼요! 꼭 그리해야 될 터인데…… 아까
도 말했지만 우리 집은 워낙 완고라……"

그의 말은 떨리었다.

나는 가슴이 선뜻하였다. 무슨 말을 하였나?
무슨 일을 하려는가? 엿듣지 못한 것이 한이 되
었다. 둘은 이리로 걸어온다. 누님의 눈은 약간
발그레하였다. 그 고운 뺨에 눈물 흔적이 보였
다. 나는 또 웬일인가 하고 가슴이 선뜻하였다.

6

그날 밤에 나의 어린 소견에도 별별 생각을 다
하고 씩씩히 잠도 잘 자지 못하였다. 내가 어렴풋

이 잠을 깰 적마다 큰방에서 어머님과 누님이 무어라고 이야기하는 소리가 간단없이 들리었다.

새로 한 점이나 되어 내가 또 잠을 깨니 큰방에서 훌쩍훌쩍 우는 소리가 들린다. 울음 섞인 어머님의 말소리가 난다.

"그래, 네가 요사이 늘 탈기[16]를 하고 행동이 수상하더라…… 나는 허락한다 하더래도 만일 그 집에서 안 된다면 네 신세가 어떻게 되니……? 네가 다만 하나 있는 어미 몰래 그 사람과 약혼한 것이 괘씸하다. 아비 없이 너를 금옥같이 길러내어 이런 일이 날 줄이야! 남편 없다고 너까지 나를 업수이 여기는 게지……"

누님은 흑흑 느끼며,

"어머님, 잘못하였습니다, 무어라고 말씀을 여쭈어야 좋을지…… 친키도 전에 말씀 여쭈기도 부끄러운 일이고…… 친한 뒤에는 몇 번이나

---

16 몹시 지쳐서 기운이 빠짐.

말씀 여쭈려 하였지만 입이 잘 떨어지지를 않았어요……. 들어 주셔요. 암만 어머님이라도 그때는 부끄러웠어요. 이젠 서로 약혼까지 해놓으니 몸과 마음이 달아 부끄럼도 돌아볼 수 없게 되었어요. 그래서 뻔뻔스럽게 여쭌 것이야요. 어머님 말씀같이 그가 저를 잊을 리는 없어요, 버릴 리는 없어요. 그다지 다정한 그가 그럴 리가 있다고요? 어제 공원에서 단단히 맹서하였습니다. 각각 부모님께 여쭈어 들으시면 이 위에 더 좋은 일이 없거니와 만일 그렇지 않거든 멀리멀리 달아나겠다구요. 배가 고프고 옷이 차더라도 부모도 못 보고 형제도 못 보더라도 둘이 같이만 있으면 행복이라구요. 온갖 곤란과 갖은 고통을 달게 겪겠다구요. 정말 그래요. 저도 그 없으면 미칠 것 같아요. 어머님이 허락을 아니 하신다 할 것 같으면 저는 이 세상에 살아 있을 것 같잖아요."

밀려오는 물을 막았던 방축을 무너버릴 때에

물밀 듯이 누님이 말하였다. 흔히 순결한 처녀가 사랑의 불을 가슴속에 깊이깊이 숨겨두고 행여나 남이 알까 보아서 전전긍긍하며 호올로 간장을 태우다가도 한번 자기 친한 이에게 발설하기 시작하면 맹렬히 소회를 베푸는 것이라.

나는 가슴을 울렁거리며 안방에 건너왔다.

누님은 어머님 무릎에 머리를 파묻고 울며, 어머님은 누님의 등에다 이마를 대고 운다. 나도 한참 초연히 섰다가 어머님 곁에 앉았다. 어머님을 흔들며 목멘 소리로,

"어머님, 우지 마셔요."

이 말을 마치자 가슴이 찌르르해지며 흐르는 눈물을 금할 길이 없었다. 어머님은 눈물을 삼키고 누님을 흔들며,

"이 애 이 애, 그만 그쳐라."

누님은 더 섧게 운다.

"이 애, 남부끄럽다. 그만두어라. 오냐, 네 원대로 하마. 그도 한번 다리고 오너라."

어머님은 그만 동곳을 빼었다.[17]

'여자가 수약(女子雖弱)이나 위모즉강(爲母則强)[18]'이란 말은 어찌 생각하고 한 소리인고?

이틀 후 누님이 그를 다리고 왔다. 그의 곱상스러운 얼굴과 얌전한 거동이 당장 어머님의 사랑을 이끌었다. 참 내 딸의 짝이라 하였다. 애녀(愛女)의 평생이 유탁(有託)[19]하다 하였다. 단꿈이 꾸이리라 하였다. 기쁜 날이 오리라 하였다. 더구나 맑은 눈과 까만 눈썹이 내 딸과 흡사하다 하였다. 누님과 그가 영어로 말하는 양을 보고 뜻도 모르면서 웃으셨다. 자미스러운[20] 딸의 장래 가정을 꿈꾸고 사랑스러운 외손자를 꿈꾸었다.

그 후부터는 남의 이목을 피해 가며 몇 번이나 서로 맞추어서 길게 기다려가지고 짜르게 만나던 애인들은 자조로이 우리 집에서 만나 웃고 즐

---

17 (비유적으로) 힘이 모자라서 복종하다.
18 여자는 약하나 어머니는 강하다.
19 의지하다, 기댈 곳이 있다.
20 재미스러운.

기게 되었다.

7

어떤 날 저녁에 그가 우리 집에 왔다. 그때 마침 어머님은 어데 가시고 나와 누님과 단둘이 있었다.

나는 와락 내달으며,

"형님 오셔요?"

라고 반갑게 인사하였다. 누님도 반가이 맞으며,

"요사이는 왜 오시지 안 하셔요?"

"아니, 내가 언제 왔는데."

하고 그는 지어서 웃는다.

누님은 눈을 스르르 감으며 무엇을 생각는 듯하더니,

"오날이 칠월 초열흘이고, 초칠일이 공일이라…… 공일날 오시고 오날 처음이지요?"

"그래요, 한 사흘밖에 더 되었어요?"

"사흘! 저는 한 삼 년이나 된 듯하였어요, 사흘 만에 한 번씩 만나? 멀어요! 퍽 멀구말구요! 사흘이 그다지 가까운 것 같습니까?"

하고 누님은 무엇을 찾는 듯이 그를 바라본다.

"사흘 만에 한 번씩 와도 장하지요."

하고 그는 또 웃는다.

"장해요! 사흘 동안에 제가 몇 번이나 문밖을 내다보는지 아셔요? 저는 온갖 걱정을 다 했지요. 몸이나 편찮으신가, 꾸중이나 뫼셨는가?"

하고 목소리는 전성(顫聲)[21]을 띠어가며 눈에는 눈물이 괴이어진다.

"저는 우리 일에 대하여 무슨 큰 걱정이나 생겼나 하고 얼마나 애간장을 태웠는지요!"

하고는 눈물이 그렁그렁 넘쳐흐른다.

"아니야요! 여하간 죄 없이 잘못하였습니다."

하고 그는 눈살을 찌푸리다가 선웃음을 치며,

---

21 떨리는 목소리.

"어린애 모양으로 걸핏하면 울기는 왜 울어요? 저 동생 부끄럽지 않아요? (갑자기 어조를 야릇하게 변하며) 그런데 내가 어지도 올라카고 아래도 올라켔지마는 올라칼 때마다 동무가 찾아와서 올 수가 있어야지."

울던 누님이 웃음을 띠었다. 나도 웃었다.

그는 대구 사람이다. 그의 부모는 아직도 대구에서 산다. 서울 있는 오촌 당숙집에 그는 유숙하고 있었다. 그는 서울 온 지가 벌써 5, 6년이 지내었으므로 사투리는 거의 안 쓰게 되었으나 때때로 우리를 웃기려고 야릇한 말을 하였다.

"올라카고, 갈라카고."

흉내를 내며 나는 방바닥에 뚤뚤 굴러가며 웃었다. 그는 시치미를 뚝 따고,

"남 이야기하는데 웃기는 와 웃소? 갸 참 얄궂다."

하였다. 누님은 어떻게 웃었는지 얼굴이 붉어지고 배를 훔켜 쥐고 숨찬 소리로,

"그만두셔요, 그만 웃기셔요."

한참 동안 우리는 이렇게 웃고 즐기다가 나를 누님이 또 무슨 심부름을 시켰다! 무슨 심부름이던가 생각이 아니 난다. 그가 오기만 하면 누님이 무엇 좀 사 오너라, 어데 좀 갔다 오너라 하고 늘 나를 따돌렸다.

"에그, 누님도 왜 나를 늘 따돌려."

투덜투덜하면서 집을 나왔다. 반달은 비스듬히 푸른 하늘에 걸리어 있다. 만경창파에 외로이 떠나가는 일엽편주와 같았다.

나 없는 동안에 그들이 무슨 이야기를 하는지를 듣고 싶어서 급히 오노라고 오는 것이 한 시간이나 넘어 걸리었다. 나는 벌써 엿듣기에 익숙하여 사뿐 중문에 들어서며 가만히 살펴보니 애인들은 달 비치는 월계화 나무 밑에 평상을 내어놓고 나란히 앉아서 무어라고 소근거린다. 나는 숨소리도 크게 아니 쉬고 귀를 기울였다.

"그러면 어째요? 어머님께서는 좀처럼 올라

오시지 않을 것이고…… 왜 그러면 상서(上書)로 이 사정을 못 아뢸 것이야 있어요?"

누님의 애타는 소리가 들린다.

"글쎄요, 몇 번이나 상서를 썼지만…… 부치지를 못하겠어요."

"만일 차일피일하다가 딴 데 혼인을 정해 놓으시면 어째요?"

"정해 놓아도 안 가면 그만이지요."

"그러면 어렵지 안 해요?"

"그런데 오촌 당숙 내외분은 아마 이 눈치를 아시는 것 같아요……. 네? 아마 그런 것 같아요, 그래서 집에 무슨 통기가 있었는지 할아버지께서 일간 올라오신대요."

"올라오시면 죄다 여쭙겠단 말씀이구려."

"글쎄요, 그런데…… 우리 할아버지는 참 호랑이 같은 어룬이라…… 완고완고 참 완고신데 …… 나도 어찌할 줄을 모르겠어요. 그래서 밤에 잠이 잘 오지 않아요."

하고 머리를 긁적긁적하고 눈살을 찡기더니 또 말을 이어,

"오늘 또 아버지께서 하서(下書)[22]하셨는데 이번 울산 김 승지 집에서 너를 선보러 간다니 행동을 단정히 하여라 하는 뜻입니다. 참 기막힐 일이야요."

하고 한숨을 내쉰다.

"부모님께 하로바삐 이 사정을 여쭙지 않으면 큰일 나겠습니다 그려."

누님의 안타까운 소리가 들린다.

"여하한 꾸중을 보시더라도 장가를 못 가겠다 할 터이야요! 조금도 걱정 마셔요."

그는 결심한 듯이 고개를 들며 단연히 말하였다.

밝은 달은 애태우는 양인의 가슴을 나는 몰라 하는 듯이 저리로 저리로 미끄러져 가며 더운 공

---

22 웃어른이 주신 글월을 높여 이르는 말.

기에 맑은 빛을 흩날린다. 월계화는 더욱 붉고 더욱 곱다. 진세(塵世)의 우수 고뇌를 나는 잊었노라 하는 것 같았다.

8

그 이튿날 일어난 누님의 얼굴은 해쑥하였다. 머리카락이 흩어질 대로 흩어진 것을 보아도 작야(昨夜)에 잠을 못 이루어 몇 번이나 벼개를 고쳐 빈 것을 가히 알러라. 누님이 사랑의 맛이 쓰고 떫은 것을 처음으로 맛보았도다! 행복의 해당화를 꺾으려면 가시가 손 찌르는 줄 비로소 알았도다.

하로 가고 이틀 가고 어느덧 일주일이 지내었건만 누님이 오날이나 와서 호음(好音)을 전해줄까 내일이나 와서 희식(喜息)을 알려줄까 고대고대하는 그는 코끝도 보이지 않는다. (내가 학교에를 가도 그를 볼 수 없었고 누님도 이때부터 심사가 산

란하여 학교에 못 갔었다.)

이 동안에 누님은 어찌 애를 태웠던지 양협(兩頰)[23]에 고운 빛이 사라져 가고 눈언저리는 푸른 기를 띠고 들어갔다. 입술은 까뭇까뭇 타들어 가고 두 팔은 맥없이 늘어졌다.

일주일 되던 날 누님은 생각다 못하여 편지 한 장을 주며,

"너 이 편지 가지고 그 댁에서 그가 있거든 전하고 못 보거든 도루 가지고 오너라."
하였다.

전일에 그를 따라 한번 그 집에 갔던 일이 있으므로 그 집을 자세히 알아 두었다. 그 집 대문에 들어서니 행랑 사람도 없고 그가 있던 사랑문도 닫히어 있다.

안에서 기운찬 노인의 성난 말소리가 나의 귀를 울린다.

―――――

23 두 뺨.

"이놈, 아즉 학생이니 장가를 못 가겠다. 핑계야 좋지, 이놈 괘씸한 놈, 들으니 네가 어떤 여학생을 얻어가지고 미처 날뛴다는구나! 아니야요란 다 무엇이야, 부모가 들이는 장가는 학생이라 못 가겠고, 학생 신분으로 계집은 해도 관계찮으냐, 이놈 고약한 놈! 네 원대로 그 학교나 마치고 장가들일 것이로되 벌써 어린 놈이 못 견뎌서 여학생을 얻으니, 무엇을 얻으니 하니 그냥 두다간 네 신세를 망치고 가문을 더럽힐 터이야! 그래서 하로바삐 정혼하고 혼수까지 보내었는데 지금 와서 가느니 마느니 하면 어찌하잔 말이냐. 암만 어린 놈의 소견이기로…… 그 집은 울산 일판에 유명한 집안이라 재산도 있고 양반도 좋고…… 다 된 혼인을 이편에서 퇴혼하면 그 신부는 생과부로 늙으란 말이냐! 일부함원(一婦含怨)에 오월비상(伍月飛霜)[24]이란 말도 못 들었어! 죽

---

24 여자가 한을 품으면 오뉴월에도 서리가 내린다.

어도 못 가겠다. 허허, 이놈 박살할 놈! 조부모도 끊고 부모도 끊고 일가친척도 끊으려거든 네 마음대로 좀 해보아라."

나는 이 말을 들으며 소름이 쭉 끼치었다. 한편으로는 분하기 짝이 없었다. 깨끗한 누님이 이다지 모욕을 당한 것이 절절이 분하였다. 곧 들어가 분풀이나 할 듯이 작은 눈을 흡뜨고 고사리 같은 손을 불끈 쥐었다.

"허허 이놈, 괘씸한 놈! 에이 화나, 거기 내 두루막 내."

하는 그 노인의 우렁찬 소리가 또 들린다. 나는 간담이 서늘하였다. 그 노인이 신을 찍찍 끄을고 이리로 나오는 것 같다. 나는 무서운 증이 나서 급히 달음박질하여 그 집을 나왔다.

9

그날 밤 어머님 잠드신 후 누님이 살짝 내게로

건너와서,

"이 애, 너 본 대로 좀 이야기하여 다고, 응?"

이 말을 하는 누님의 얼굴은 고뇌와 수괴(羞愧)의 빛이 보인다. 어린 동생에게 애인의 말을 물어도 부끄러워하였다! 나는 입을 다물고 묵묵히 앉았었다. 차마 그 이야기를 할 수가 없었다.

"왜, 또 심술이 났니? 어서 이야기를 좀 하려무나. 편지를 도루 가지고 온 것을 보니 형님을 못 만났니? 만나도 못 전했니? 혹은 무슨 일이 났더냐? 남의 속 그만 태우고 어서 좀 이야기하여 다고. 가련한 네 누이의 청이 아니냐."

이 말소리는 애완(哀婉)[25] 처량하였다. 나의 어린 가슴이 찌르는 듯하며 눈물이 넘쳐 나온다. 이다지 나에게 정다이 구는 누님의 가슴에 그리던 꿈 같은 장래가 물거품에 돌아가고 만 것이 슬펐음이라. 그리고 순결한 우리 누님이 그 노인

---

25 가련(可憐)하고 어여쁜.

에게 '어떻다' 든가, '계집을 했다' 든가 하는 더러운 소리를 들은 것이 이가 떨리었다.

나는 비분한 어조로 그 집에서 들은 것을 이야기하였다. 정신없이 듣고 있던 누님은 내 말이 끝나자 기운 없이 쓰러지며 이 이야기를 들을 적부터 괴였던 눈물이 불덩이 같은 뺨을 쉬일 새 없이 줄줄 흘러나린다.

"누님! 누님!"

하고 나도 누님의 가슴에 안기며 울었다.

이럴 즈음에 누가 대문을 가벼이 흔들며 떨리는 소리로,

"S 씨! S 씨! 주무셔요?"

한다. 누님은 이 소리를 듣고 얼른 일어났다. 애인의 음성은 이럴 때라도 잘 들리는 것이다. 나올 듯, 나올 듯한 울음을 입술로 꼭 다물어 막으며 급히 나갔다.

대문 소리가 나더니,

"K 씨! 오셔요?"

하며 우는 소리가 들린다. 나도 나갔다. 둘은 서로 붙들고 눈물비가 요란히 떨어진다. 누님이 울음 반 말 반으로,

"저는 또다시…… 못…… 뵈올 줄…… 알았지요."

하였다. 그도 흑흑 느끼며,

"다 내 잘못이야요."

하였다.

"저 까닭에 오늘 매우 꾸중을 뫼셨지요?"

"어떻게 알았어요?"

누님이 내가 편지를 가지고 그 집에 갔다가 내가 들은 이야기를 하였다. 그리고 우는 소리로,

"좀 들어가셔요."

하였다.

"아니야요, 명일은 할아버지께서 꼭 다리고 가실 모양이어요. 지금 곧 멀리멀리 달아나려고 합니다. 그래서 이런 말이나 몇 마디 할 양으로 왔어요."

누님은 자기의 귀를 의심하는 듯이,

"네? 멀리멀리 가셔요? 부모도 버리시고 형제도 버리시고 멀리 가셔요? 제 신세는 벌써 불쌍하게 되었습니다. 불쌍한 저 때문에 전정(前程)[26]이 구만 리 같은 당신을 또 불행하게 만들 것이야 무엇 있습니까? 절랑 영영히 잊으시고 부모님 말씀으로 장가드셔요. 장가드시는 이하고나 백 년이 다 진토록 정다운 짝이 되어주셔요. 아들 낳고 딸 낳고…… 저의 모든 것을 바쳐도 당신이 행복되신다면 그만이 아니야요? 곧 당신의 기쁨이 제 기쁨이 아니야요? 당신의 행복이 제 행복이 아니야요? 한숨 쉬고 눈물 흘리면서도 당신의 행복의 그늘에서 웃어볼까 합니다."

열정 찬 눈으로부터 하염없이 흘러나리는 눈물에 적막한 화용이 아롱진다.

---

26 앞으로 가야 할 길.

"아아, S 씨를 내 손으로 불행하게 만들고 나 혼자 행복을…… 사랑을 떠나 행복이 있을까요? 나에게 행복을 줄 S 씨가 눈물바다에 허우적거 릴 때, 나 혼자 행복의 정상에서 나려다보며 웃 을 수가 있을까요? 없어요! S 씨 없고는 나 혼자 행복을 누릴 수가 없어요!"

"제 불행은 제 손으로 맨든 것입니다. 그러나 우리가 오늘날 이렇게 된 것이 당신의 잘못도 아 니고 저의 잘못도 아니야요. 그 묵고 썩은 관습 이 우리를 이렇게 맨든 것입니다! 그러하지만 저 때문에 당신의 마음을 수란(愁亂)하게 맨든 것 같아서 어떻게 가엾고 애닲은지 몰라요! 그 런데 이 위에 더 당신을 영영히 불행하게 하겠어 요. 당신이 행복되신다면 저는 오늘 죽어도 아깝 잖아요."

"안 될 말씀입니다. 그런 말씀을 들을수록…… 기가 막혀요! 해야 늘 그 말이니까 길게 말할 것 없이 나는 가겠어요. S 씨! 부디 안녕히!"

그는 흐르는 눈물을 씻으며 결심한 듯이 돌아서 가려 한다.

"K 씨!"

안타까운 떠는 소리로 부르더니 북받쳐 나오는 울음이 말을 막는다. 그는 또 한 번 돌아다보고,

"S 씨! 부디 안녕히……"

말을 마치자 그는 떨어지지 않는 발길을 돌려 마음은 이리로 몸은 저리로 멀어 간다…….

나는 심장을 누가 칼로 싹싹 에이는 것 같았다.

10

그 후 그는 어데로 갔는지 영영히 소식을 들을 수가 없고 누님은 시름시름 병들기 시작하여 날이 가고 달이 갈수록 병은 점점 깊어온다.

이슬 젖은 연화같이 불그스름하던 얼골이 청색 창경(窓鏡)에 비치는 이화(梨花)처럼 해쓱하

였다. 익어 가는 임금(林檎)²⁷같이 혈색 좋던 살이 서리 맞은 황엽(黃葉)처럼 배배 말라간다. 거슴츠레한 눈은 흰 눈물에 붉어졌다.

그러다가 차마 볼 수 없이 바싹 말라버렸다. 마치 백골을 엷은 백지로 덮어두고 물을 흠씬 품어놓은 것같이 되고 말았다. 마츰내 한강 얼음 얼고 남산에 눈 쌓일 제 누님은 그에게 한숨을 주고 눈물을 주던 이 세상을 떠나버렸다.

아아, 사랑, 아 사랑의 불아! 네가 부드럽고 따뜻한 듯하므로 철없는 청춘들은 그의 연하고 부드러운 심장에 너를 보배만 여겨 강징난다. 잔인한 너는 그만 그 심장에다 불을 붙인다. 돌기둥 같은 불길이 종작없이 오른다. 옥기(玉肌)²⁸도 타버리고, 홍안도 타버리고 금심(錦心)도 타버리고 수장(繡腸)도 타버린다! 방안에 컸던 촛불 홀연히 꺼지거늘 웬일인가 살펴보니 초가 벌써 다 탔

---

27 능금나무의 열매.
28 옥같이 깨끗하고 고운 살갗.

더라! 양협이 젖던 눈물 갑자기 마르거늘 무슨
연유 묻겠더니 숨이 벌써 끊쳤더라!

《개벽》, 1920. 11.

데뷔작 발표 당시의 감상

-희생화

스물한 살 때 《개벽》에 〈희생화(犧牲花)〉란 것을 처음 발표하였다. 바로 어제와 같은 그때의 일이 역력히 기억에 남았건만 벌써 5년 전 옛이야기가 되었다. 남녀 학생 간에 남몰래 사랑을 주고받다가 남학생은 부모의 엄명(嚴命)으로 딴 처녀에게 장가를 아니 갈 수 없게 되자 표연히 외국으로 달아나 버리고 여학생은 애인을 기다리다 못하여 마침내 병이 들어 죽고 만 경로를 센티멘탈하게 그린 것이었다. 구도덕(舊道德)에 희생된 여자라 하여 〈희생화〉라고 제목을 붙인 것부터 시방 생각하면 곰팡내가 난다. 그러나 그 당시엔 몇 번을 고쳐 쓰면서 감흥에 젖었는지 몰랐다. 그때 《개벽》의 학예부장으로 있던 나의 당숙인 현철(玄哲) 씨를 성도 내며 빌기도 하며 제발 그것을 내어달라고 조르고 봤다. 간신히 내어주겠다는 승낙을 받은 뒤에 그것이 실릴 잡지가 나오기를 얼마나 고대하였을까. 그야말로 1일이 삼추(三秋)이었다. 잡지의 나올 임시가 가까워가자 하루에도 몇 번씩 그의 집에 들러서 활자로 나타난 나의 첫 작품을 보려고 초초한지 몰랐다.

급기야 그 보잘것없는 작품이 활자로 나타났을 제 나의 기쁨이란! 형용할 길이 없었다. 아무리 훌륭한 지위를 얻은들 이에서 더 좋으랴! 아무리 끔찍한 명예를 얻은들 이에서 더 즐거우랴! 나의 몸이 갑자기 보석과 같이 번쩍이는 듯도 하였다. 《아라비안나이트》엔 여성의 키스로 말미암아 단박에 수십 장(丈)을 자란 남성이 있었지만 나는 이 〈희생화〉가 잡지에 게재됨으로 말미암아 천길만길로 키가 커진 듯도 하였다. 더구나 그 잡지의 편집 후기에 〈희생화〉가 손색없는 작품이란 호의 있는 소개를 읽을 때면 뛰어야 옳을지 굴러야 옳을지 알 길이 없었다. 애인이나 무엇같이 그 잡지를 품고 그날 밤이 새도록 읽다가 자고 깨면 또 읽었다.

그런데 그다음 달 호인가 다다음달 호인가에 〈희생화〉에 대한 황석우(黃錫禹) 군의 비평이 났다. 나는 무엇보다도 먼저 그 비평을 읽었다. 그것은 여지없는 비평이었다. 〈희생화〉는 소설이랄 수도 없다. 감상문이랄 수도 없고 하등 예술의 형식을 갖추지 못한 무명 산문(無名散文)이란 의미로 냉혹하게 공격하였다. 그야말로 기뻐 뛰던 나에게 청천의 벽력이었다. 갈기갈기 그 잡지를 찢고 싶을 만큼 나는 분노하였다. 극도의 분

노는 극도의 증오로 변하여 황석우란 자를 당장 죽여도 시원치 않을 것 같았다. 몇 번이나 팔을 뽐내며 방안을 왔다 갔다 했는지 모르리라.

나는 열에 들떠서 그날 밤을 새우며 그 비평에 대한 공격문을 생각하였다. 그때 나는 투르게네프의 단편에 심취하고 있었다. 그러므로 〈희생화〉를 비위 좋게도 그 문호의 명작의 하나에 마음 그윽이 비기고 있었다.

"〈희생화〉를 무명 산문이라 한 그대의 비평은 매우 반갑다. 옛날 사람이 쓰지 않던 산문의 형식을 내가 새로이 발명한 것이니 나도 창조적 천재의 한 사람인 듯싶어서 어깨를 추스릴 수 있기 때문이다. 그러나 애닯을 손 〈희생화〉와 같은 형식은 벌써 투르게네프의 단편 어데선지 볼 수 있는 것이 유감천만이다. 투르게네프의 그런 작품을 모조리 무명 산문으로 돌릴진댄 〈희생화〉홀로 무명 산문이란 이름 듣는 것을 어찌 한하랴.
다만 한이 되는 것은 이 세상 사람이 모두 그대
와 같이 장님이 아니기 때문에 창조적 천재란 월
계관을 내가 얻어 쓰지 못하는 일이다."

　이런 의미의 지독한 문구를 생각하면서 일어
났다 누웠다 잠 한눈 자지 못하고 밤을 밝히었
다. 그 후부터는 〈희생화〉를 보기도 싫었다. 《타
락자》란 단편집을 출판할 때에도 빼고 넣지 않
았다. 5년이 지난 오늘에야 비로소 무명 산문에
틀림없는 〈희생화〉를 뒤적거리니 그때의 흥분
이 우습기도 하고 그립기도 하다.

《조선문단》, 1925. 3.

그립은 흘긴 눈

그이와 살림을 하기는 내가 열아홉 살 먹던 봄
이었습니다. 시방은 이래도―삼십도 못 된 년이
이런 소리를 한다고 웃지 말아요. 기생이란 스무
살이 환갑이라니, 삼십이면 일테면 백세 장수한
할미쟁이가 아니야요?―그때는 괜찮았답니다.
이 푸르족족한 입술도 발그스름하였고, 토실한
뺨 볼이라든지, 시방은 촉루(髑髏)[1]란 별명조차
듣지마는 오동통한 몸피 라든가, 살성도 희고,

――――――
1 해골.

옷을 입으면 맵시도 나고, 걸음걸이도 멋이 있었답니다. 소리도 그만저만히 하고 춤도 남의 흉내는 내었답니다. 화류계에서는 그래도 누구 하고 이름이 있었는지라, 호강도 웬만히 해보고 귀염도 남부럽잖이 받았습네. 망할 것, 우스워 죽겠네. 하자는 이야기는 아니하고 제 칭찬만 하고 앉았구먼.

어쨌든 나도 한 시절이 있은 것은 사실입니다. 해구멍이 막히지도 않아² 요릿집에서 인력거가 오고, 가고만 보면 새로 두 점, 석 점 전에는 집에 돌아온 적이 별로 없었습니다. 그나마 집에 와서 곧 자느냐 하면 그렇지도 않아, 대개 집에 손님이 기다리고 있기도 하고, 또는 손님과 같이 올 때가 많았습니다. 그래가지고 또 고달픈 몸을 밤새도록 고달프게 굴다가, 해 뜬 뒤에야 인제 내

———
2 시간이 빈틈없이 채워져 쉴 틈이 없음.

세상인가 보다 하고 간신히 눈을 붙이면 사정 모르는 손들이 낮부터 달려들어 고단한 몸을 끌고 꽃구경을 간다, 들놀이를 간다, 절에를 나간다 합니다그려. 그러니 몸이 피로치 않을 수 있습니까? 놀기란 참 고된 일입네다. 어느 때는 사지가 늘어지고, 노는 것이 딱 싫고 귀치 않아서,

"이년의 노릇을 언제나 마나."

하고 탄식이 나옵니다.

그럴 때 나의 눈앞에 그이가 나타났습니다. 나보담 네 해 맏이인 그는 귀공자답게 얼굴도 곱상스럽고 돈도 잘 쓰며 노는 품도 재미스럽고 호기로웠습니다. 나는 고만 그에게로 마음이 솔깃하고 말았지요. 그이도 나에게 적지 않이 빠진 모양이었습니다. 그럭저럭 관계가 깊어가자, 그이는 나와 살자고 조르지 않겠습니까? 마침 기생 노릇도 하기 싫던 참이고 밉지도 않은 사내라 내심으로 이게 웬 떡이냐 싶었지만, 그래도 기생

행투³가 그렇지 않아 이 핑계 저 핑계로 그이를 바싹 달게 해서 돈 천 원이나 착실히 빼앗아서 어머니를 주고 마지못해 하는 듯이 살림을 들어가게 되었습니다.

그이는 간이라도 빼어 먹일 듯이 나를 사랑해 주었습니다. 나를 얻기 전에도 오입깨나 해본 모양이었으나, 나이가 나이라 어리고 참다운 곳이 있었습니다. 나의 말이면 콩을 팥이라 해도 곧이 들었습니다. 나의 청이라면 무엇이고 낙종(諾從)⁴치 않는 것이 없었습니다. 이 눈치를 알아본 나는 그이로부터 갖은 것을 졸라내었습니다. 우리 든 집문서도 내 이름으로 내게 하고, 자개농이랑, 자개 의걸이⁵랑 한 칸 벽에 맞는 큰 체경이랑, 물론 온갖 비단과 포목을 필필이 들여오게

─────────
3 행동이나 몸가짐의 본새나 버릇.
4 마음속으로 받아들여 진심으로 따라 좇음.
5 위는 옷을 걸 수 있고, 아래는 반닫이로 된 장.

73

하고, 철철에 따르는 비녀며, 사흘거리로 진고개에 가서는 순금반지, 진주반지, 보석반지를 사게 하였습니다. 이외에 어머니의 생신이라는 둥, 일가의 혼례에 쓴다는 둥, 장사에 쓴다는 둥, 빚을 졌다는 둥 갖은 핑계를 만들어서 그의 돈을 긁어내었습니다. 무슨 내 변명이 아니라 이런 짓을 한 게 전부가 나의 욕심 사나운 까닭도 아닙니다. 사라고 하고 달라고 하는 그것이 어쩐지 좋고 재미스럽기도 하였지요. 그리고 또 그것이 그에게 피우는 애교이고 아양이었지요. 그것뿐도 아니지요. 내 말이라면 어느 정도까지 들어주나, 곧 그이가 나한테 얼마나 홀리었는지를 자질⁶도 하고 싶고, 뜻대로 성공을 하면 물건 얻은 것보담 몇 갑절 더 기뻤습니다. 물론 어머니가 뒷구멍으로 부추기기도 하였지만.

---

6 자로 재는 일.

그인들 몇 만금을 제 수중에 두고 쓰는 게 아니라 아버지 팔고 빚을 내는 것이니, 하루 이틀 아니고 물 쓰듯 하는 돈을 언제까지 대어 갈 수가 있겠습니까? 같이 산 지 석 달이 못 되어 돈 주변할 길이 막힌 모양이었습니다. 아무리 귀한 자식의 빚봉수[7]라도 한 번 두 번이지 전부 아버지가 갚아줄 리가 있겠어요? 더구나 구두쇠로 유명한 그의 부친이 그때까지 참은 것도 장한 일이지요. 마침내,

"너 같은 놈은 자식으로 알지 않으니 죽든지 살든지 나는 모르겠다."

하게 되었습니다. 그 전에도 여러 번 그러고 얼렀지만 인제는 아주 사실로 나타나게 되었겠지요. 빚쟁이가 벌떼같이 일어났습니다. 요릿집에서, 금은방에서, 선전 드팀전[8]에서, 더구나 고리대금업자한테서 빚쟁이는 문간을 떠날 새가 없

---

7 남의 빚을 보증해 주는 일.
8 온갖 천을 팔던 가게.

었습니다. 부잣집 외동아들로 자라나 도무지 졸리는 것을 모르던 그이는 단박에 입술이 바싹바싹 말라가기 시작하였습니다. 문간에서 찾는 소리만 나면 온몸을 옹송그리고 얼굴이 파랗게 질리는 꼴이란 곁에서 보아도 가여웠습니다. 내 탓으로 이 곤란을 받건마는 그래도 나를 원망하거나 미워하는 기색은 보이지 않았습니다. 빚에 졸리는 것이 딱하기도 하고 또 자격지심도 나서,

"나 때문에 이런 곤란을 당하시지요? 내가 몹쓸 년이야."

하면, 그이는,

"그게 무슨 말이야."

하며 질색을 하고,

"왜 채선(彩仙)이 때문이람. 내가 못생긴 탓이지."

하고는 도리어 면목이 없다는 듯이 고개를 숙였습니다.

76

이런 중에 그에게는 또 기막힐 일이 생기었지요. 그것은 다른 일이 아니라 그이가 돈 쓰기도 급하였고 또 못된 동무의 꾀임에 빠져 아버지 도장을 위조하여 빚을 낸 일이 발각이 된 것이야요. 돈 꾸어준 놈도 물론 알고 한 일이지만, 그의 아버지가 나는 모른다고 딱 거절을 하니까 이제는 그이를 보고 얼으딱딱거리며 사기를 했느니, 인장 위조를 했느니 만일 일주일 안으로 갚지 않으면 고소를 하느니 하고 야단을 합니다. 간이 작고 마음이 여린 그는 얼굴이 샛노랗게 타들어 가겠지요. 몇 번 그의 어머니를 새에 두고 또는 직접으로 자기 아버지께 말을 해보는 모양이었으나 도무지 일이 안 된 줄은 그 찡그린 눈썹과 부러진 새 죽지 같은 어깨를 보아도 짐작할 수 있습니다. 그이는 조바심이 되어서 못 견디는 듯이 누웠다 앉았다 일어섰다, 금시로 집을 뛰어나가는가 하면, 금시로 또 뛰어들어오겠지요.

그러다가 나중에는 돌부처나 무엇같이 한자리에 우두커니 앉으면 멍하니 바람벽만 바라보고 어느 때까지 어느 때까지 손끝 하나 꼼짝도 아니하였습니다.

내일같이 그 일주일이란 기한 날이고 오늘 같은 저녁이었습니다. 여름답게 흰 구름이 봉오리 봉오리 솟은 하늘엔 밝은 달이 걸리었습니다. 우리는 저녁을 먹고 나서 마루로 나와 달을 쳐다보고 있었습니다. 그때에 나는 문득,

"작년 이맘때에는 한강에서 선유를 하였는데."
하였습니다 굼실거리는 시원한 물결은, 그림자를 부수는 배가 눈앞에 선하게 떠 보이매 갑자기 더웁고 갑갑해서 견딜 수 없겠지요. 그러나 아무리 반죽9좋은 나인들 사면팔방으로 빛에 졸리어 머리를 못 드는 그이에게 뱃놀이 가잘 염이야 있어요?

---

9 뻔뻔스럽거나 비위가 좋아 주어진 상황에 잘 적응하는 성미.

"이런 밤에 집에 처박히어 나가지도 못하고."

하매 번화롭던 옛날 기생 생활이 그리웠습니다. 살림 들어온 것이 후회가 났습니다. 이렇게 마음이 달뜨는 판에 곁에서 훌쩍훌쩍하는 소리가 나질 않겠습니까? 돌아다보니 그이가 울고 있지 않아요?

"왜 우셔요?"

하니까 얼른 대답을 아니 하고 설움이 복받쳐 참을 수 없다는 듯이 이윽히 코만 들이마시다가 껄떡이는 목청으로,

"채선이는, 채선이는 내가, 내가 감옥엘 들어가면 또 기생으로 나가겠지?"

하고 눈물이 그렁거리는 눈을 나에게로 돌리겠지요. 내 속을 알아채었나 보다 하고 가슴이 뜨끔하였으되 놀아먹은 보람이 있어서 단박에,

"흉업게스리¹⁰ 그게 무슨 말씀이야요."

———
10 말이나 행동 따위가 불쾌할 정도로 흉하다.

하고 질색을 하였습니다.

"아니야, 내가 감옥엘 가면 채선이는 또 기생에 나가서 뭇놈의 사랑을 받을 거야."

감옥에 간단 말이 조금 안되었지만 속으로는 암 그렇지, 하면서도 입 밖에 내어서는,

"그럴 리가 있겠어요? 설령 나으리가…… 감옥에 간다손 치더라도 내야 당신 사람이 아니야요? 왜 또 기생에 나가겠습니까? 댁에 가서 행랑방 구석으로 돌아다닐지라도 나으리의 나오시기만 기다리지요."

라고 꿀을 담아 붓는 듯한, 마음에 없는 딴청을 부리었습니다. 이 말에 그이는 매우 감동된 모양이었습니다. 바싹 다가들며,

"그게 참말이야?"

"그럼, 참말 아니구."

"그래, 내가 감옥엘 가도 수절을 하고 나를 기다리겠단 말이야?"

"그럼, 수절하구말구."

천연덕스럽게 꼭 그리할 듯이 딱 끊어서 대답을 하였으되 속으로는 수절이란 말이 어째《춘향전》에나 있는 듯해서 우스웠습니다.

"만일 내가 감옥엘 아니 가고 죽는다면?"
하고 그이는 나의 얼굴을 딱 노리었습니다. 그 시선이 전에 없이 날카로워서 슬쩍 외면을 하면서도,

"따라 죽지."
하고서 청승맞게 '너 죽고 나 살면 열녀 되나. 한강수 깊은 물에 빠져나 죽지' 하는 노래를 읊었습니다. 나도 죽일 년이지요. 그 소리를 들으며 그이는 또 얼빠진 듯이 우두커니 앉았다가 무슨 단단한 결심을 한 것 같이 벌떡 일어서며,

"채선이, 내 할 말이 있으니 방으로 들어가지."
하지 않겠어요. 나는 흥 또 안고 끼고 하려나 보다 하였습니다. 그이는 아직도 숫기가 남아 있어서 남 보는 데, 아니 남이 볼만한 데에서는 나의 손목 한번 시원스럽게 못 쥐고, 그리하고 싶을

때엔 꼭 방으로 끌고 들어갔습니다. 더구나 요사이 와서 몹시 근심을 한 뒤라든지 또는 비관한 뒤라든지 반드시 나를 쓰다듬고 어루만지기를 잊지 않았습니다. 이런 짐작을 한 나는 조금 앙탈도 하고 싶었으나 그의 운 것이 가엾어서 말대로 방에 들어갔습니다. 방에 들어온 그는 방문을 모두 안으로 닫아걸겠지요. 내 짐작이 틀리지 않구나 하면서도,

"이 유월 염천에 방문을 왜 닫아요. 남 더워서 죽겠는데."

라고 까짜를 올렸건만[11] 그 말에는 아무 대답이 없고 제 할 일을 다 해버립디다. 전 같으면 부끄러운 듯이 눈을 찡긋하기도 하고 손짓으로 말 말라고도 하였으련만. 나는 벌써 내 입술에 닿는 그의 입술, 나의 젖가슴으로, 허리로 도는 그의 팔을 기다렸건만 그이는 이상스럽게 엄연한 얼

---

11 과장된 표현으로 남을 놀리다.

굴로 마주 앉아 있을 뿐입니다. 얼마 만에 그이
는 가라앉은 목소리로,

　"채선이! 네나 내나 이 세상에 더 구차히 산다
한들 또 무슨 낙을 보겠니. 차라리 고만 죽어버
리는 게 어떠냐?"

하겠지요? '미쳤나, 죽기는 왜 죽어' 하면서도,

　"그래요, 고만 죽어버려요."

라고 쉽사리 찬성을 하였습니다.

　"그래, 나하고 같이 죽을 테냐?"

　"나으리하고 죽는다면 죽는 것도 꿀이지요."

　"내야말로 너하구 같이 죽는다면 한이 없겠
다."

하는 그이의 소리는 떨리었습니다. 나도 일부러
목이 메이며,

　"내야말로 나으리하고 죽으면 한이 없어요."

　"말만 들어도 고맙다만 정말 나하고 죽을 테
냐?"

　"원 다심[12]도 하이, 죽는다면 죽는 게지, 그렇

게 내가 못 미덥단 말이요.”

하고 가장 남의 속을 못도 알아준다는 듯이 새파랗게 성을 내었습니다. 그리하는 것이 어쩨 신파 연극을 하는 듯싶어 재미스러웠어요. 설마 죽을리는 만무하고 이왕이면 이대도록[13] 너한테 정이 깊다는 걸 표시함도 좋았지요. 그이는 나의 기색을 살피더니 그만하면 되었다 하는 듯이 벌떡 일어나 자기가 쓰는 가방을 가져오더니 그 안에서 흰 봉지를 하나 꺼내겠지요. 그 봉지 속으로는 밤낱만 한 고약 같은 것 두 개가 나왔습니다.

　‘저것이 아편이구나.’

하매 가슴이 조금 섬뜩거리었으되 그리 놀라지는 않았습니다. 그 약으로 말하면 그이가 돈 안 주는 자기 아버지를 놀라게 하려고 몇 번 자기 어머니에게 보이는 것을 곁에서 구경을 하였으

---

12 조그만 일에도 마음이 안 놓여 여러 가지로 생각하거나 걱정하는 게 많음.
13 이러한 정도로.

니까요. 그것을 먹고 죽는다고 야단을 해서 돈을 얻어 온 일도 있으니까요. 그러니 시방 와서 새삼스럽게 놀랄 것도 없지마는 같이 죽자는 말끝에 그것이 나온지라 시방껏 달떴던 마음이 조금 긴장은 됩디다. 그이는 자리끼¹⁴를 당기더니 그 약을 앞에다 놓고 이윽히 내려다 보며, 닭의 똥 같은 눈물을 뚝뚝 떨어뜨리지 않겠습니까? 그때만은 나의 가슴도 찌르르하였습니다.

한참 약을 내려다보고 울고 있던 그이는 무슨 비장한 결심을 한 듯이 몸을 흠칫하더니 그 약 한 개를 얼른 입에 집어넣고 한 개를 집어 나를 주지 않겠습니까? 나도 서슴지 않고 그 약을 받아 입에 넣었습니다. 약을 머금은 그는 손가락으로 자리끼를 가리켜 나한테 물을 마시란 뜻을 보이었습니다. 나는 그의 시키는 대로 물을 마시었으나 물만 넘기었지 약은 혀 밑에 감춰둔 것

---

14 잠자리의 머리맡에 준비하여 두는 물.

은 물론입니다. 내야 꿈에도 죽을 마음이 없었습니다. 같이 사는 정의에 그이의 빚에 졸리는 것이 딱하지 않은 바 아니고 그 때문에 살림살이가 전같이 호화롭지는 못하였을망정 그걸로 비관할 까닭은 조금도 없었습니다. 정 못 살게 되면 도로 기생으로 나갈 뿐입니다. 벌써 살림살이가 물려서 그렇지 않아도 기생 생활이 그립던 나인데, 아직 나이 어리고 남에게 귀염받던 일, 호강하던 일이 어제 일같이 역력히 기억에 남아 있던 나인데, 앞길에도 기쁨과 호강이 춤추며 기다리고 있는 줄 믿는 나인데, 왜 죽자는 마음이 추호만큼인들 생기겠습니까? 내 몸뿐 아니라 그이가 죽는다는 것도 믿지 않았습니다. 처음엔 실없는 거짓말로 알았고, 약을 머금은 뒤에라도 또 무슨 연극을 꾸미는가 보다, 내일이고 모레이면 그 댁에서 허덕지덕 돈을 갖다 줄 터이니 또 흥청거릴 수 있구나 하고, 도리어 기쁘기도 하였습니다. 독약을 먹고 하는 노릇이라 가슴이 조금 아니 떨린 것도 아니지만.

　그러나 어찌해요! 그이는 나의 물 마시는 것을 보더니 매우 안심된 듯이 내 손에서 자리끼를 빼앗아 꿀떡 마셔 버렸습니다. 그이가 정말 약을 삼킨 것은 좁은 목구멍으로 굵은 약덩어리가 넘어가느라고, 얼굴이 새빨개지고 어깨를 추스르며 목줄기가 구불텅거리는 것만 보아도 알 수 있습디다. 그러더니 고만 뒤로 벌떡 자빠지겠지요. 약 힘이 삽시간에 퍼진 것은 아니겠지만 약을 먹었다 하는 생각에 정신을 잃었는가 싶어요.

　이 뜻밖의 일에—그이로 보면 조금도 뜻밖의 일이 아니겠지만—나는 더할 수 없이 놀랐습니다. 저이가 정말 죽었구나, 하는 생각이 칼날같이 가슴을 찌르자마자 무어라고 형용할 수 없는 감정이 온몸을 뒤흔들었습니다. 무어니무어니 하여도 고작해야 열아홉 살 먹은 계집애가 아니야요? 이 난생 처음 당하는 큰일에 어안이 벙벙하여 '악' 소리도 치지 못하고, 가위눌린 눈만 휘

둥그리다가 나도 죽었네 하는 듯이 뒤로 자빠졌습니다……

얼마 있지 않아 그이가 벌떡 일어나 미친 듯이 방 안을 왔다 갔다 하지 않아요? 아편을 먹으면 자는 듯이 죽는다는 것은 빨간 거짓말인가 보아요. 답답하고 뉘엿거려서 못 견디겠다는 듯이 두 손으로 가슴을 쥐어뜯으며 핫핫 하고 괴로운 숨을 토합디다. 그러더니 다짜고짜로 두 손을 입 안으로 넣어 왝왝, 헛구역질을 하겠지요. 아마 속이 너무도 괴로우매 죽자는 결심도 간 곳 없고 먹은 약을 토해낼 작정이던가 보아요. 그러나 약은 아니 나오는 듯하였습니다.

이 광경을 바라보는 나도 일변 무섭기도 하였지만, 못 견디리만큼 괴롭기도 하였습니다. 그의 받는 고통이 도무지 내 탓이 아니야요? 나로 하여 돈을 쓰고 그 돈에 몰리다 못하여 죽는 죽음이니 내 탓이 나이고 누구의 탓이겠습니까? 그런데 나는 죽을 때까지 그를 속이었습니다. 거짓

죽는 시늉을 해서 그를 속이었습니다. 내가 만일 따라 죽는다 아니 하고 그를 말리었던들 그이는 아니 죽고 말았을지도 모르지요. 그 약을 먹고 저런 욕을 아니 볼는지도 모르지요. 그러면 내 손으로 그이를 죽인 것이나 진배가 무엇입니까? 그때에야 물론 이렇게 사리를 쪼개서 생각은 안 했지마는 차마 그이의 괴로워하는 꼴을 볼 수는 없었습니다. 나는 진저리를 치고 눈을 딱 감았 습니다. 그때입니다. 무엇이 나의 어깨를 흔들지 않아요? 번쩍 눈을 떠 보니까 그이가 걷어 쳐 올 라가는 개개 풀린 눈으로 내 옆에 앉아서 나를 내려다보고 있겠지요. 나는 소름이 죽 끼치어 흠 칫하고 몸을 소스라쳐 일으켰습니다.

나의 일어나는 것을 보고 그이도 따라 일어서 며, 용서해달라는 표정으로,

"괴롭지, 괴롭지, 공연히 나 때문에."

라고 더듬거리고는 눈물이 핑 도는 듯하였습니 다. 그 소리는 어쩐지 무서움에 떠는 나의 창자

속까지 스며들어가는 듯하였습니다. 나의 눈에
도 뜨거운 눈물이 쏟아졌습니다. 그러자 그이는
바싹 다가들며, 한 손으로 내 목덜미를 안고 또
한 손을랑 나의 입에 들이대입디다. 죽어가는 그
이, 아니 벌써 송장이나 진배없는 그이의 손이
나에게 닿았건만 나는 조금도 전같이 두렵고 무
서운 증이 들지 않았습니다.

"배앝아라, 배앝아, 어서 배앝아."

하고 그이는 손가락을 내 입안으로 꾸역꾸역 들
이밀겠지요. 이때에 입안에 든 약을 생각한 나
는 흘리던 눈물을 뚝 그치고 에그머니! 싶었습
니다. 나는 그이의 지중한 사랑에 감읍하였으되,
그이가 돌려내려고 애를 쓰는 것이로되, 나는 그
약을 내어놓기가 죽어도 싫었습니다.

나는 차라리 삼켜버리려 하였습니다. 몇 번을
침을 모아 그 약을 넘기려 하였으나 원수의 덩이
가 큰 까닭인지 세상 넘어가지 않습디다. 그러
는 판에 내 입에 들어온 그의 손가락이 벌써 그

약을 집어내겠지요. 그 약을 집어내자, 나를 바라보던 그이의 얼굴은 시방도 잊히지 않습니다.

어쩌면 그 곱상스럽던 얼굴이 그렇게 무섭게 변할까요! 나는 어떻다 형용할 수가 없었습니다. 제 계집이 딴 사내를 끼고 자는 것을 본 남편의 얼굴이나 그러할는지요? 그 얼굴의 표정은 분노 그것이었습니다. 원한 그것이었습니다. 입술을 악물고 드러난 이빨 하나만 보고라도 누구든지 질겁을 할 것입니다. 더구나 잊히지 않는 것은 그 눈자위야요. 일상 생글생글 웃는 듯하던 그 눈매가 위로 흡뜨이어서 미친개 눈깔같이 핏발을 세워 나를 흘긴 것이야요. 그 무섭기란 시방 생각하여도 몸서리가 치어요. 그이는 숨이 진 뒤에도 그 흡뜬 눈을 감지 않았습니다.

물론 나는 고약한 년이지요. 그를 죽을 때까지 속인 몹쓸 년이지요. 그러나 그이는 나에게

"괴롭지?"

라고 묻지 않았어요?

"배알아."

라고 하지 않았어요? 돌려내려고 내 입에 손까지 넣지 않았어요?

그러다가 약을 삼키지 않고 그저 있음을 보았으면 내 마음은 어떠하든지 그이는—죽어가면서도 나를 생각할 만큼 거룩한 사랑을 가진 그이는 기뻐해야 옳을 일이 아니야요? 그렇게 성을 내고 나를 흘길 일이 무엇이야요? 내 그른 것은 어찌겠든지 그때에는 그이가 야속한 듯싶었어요. 야속하다느니보담 의외이었어요. 그런데 시방 와서는 그 흘긴 눈이 떠오를 적마다 몸서리가 치이면서도 어째 정다운 생각이 들어요. 그립은 생각이 들어요!

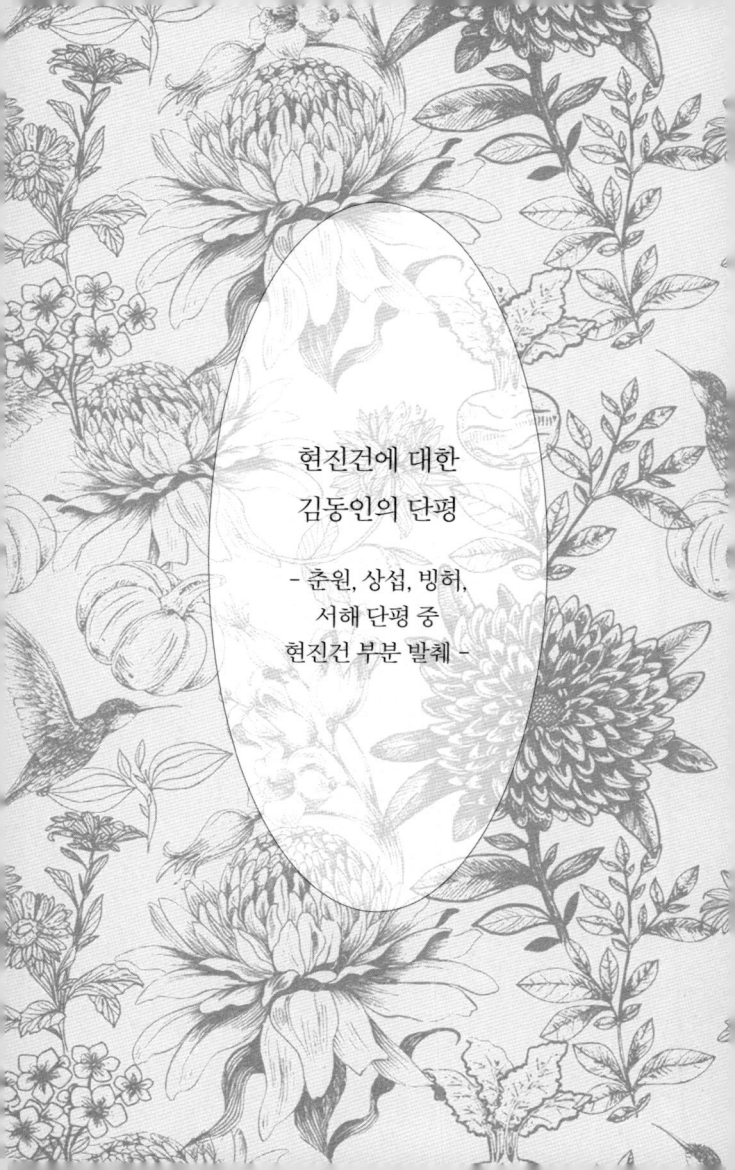

현진건에 대한
김동인의 단평

- 춘원, 상섭, 빙허,
서해 단평 중
현진건 부분 발췌 -

빙허[1]는 천재다. 그와 잠시라도 만나 본 일이 있는 사람은 곧 그가 천재임을 알 것이다. 일찌기 〈시대일보〉에서 상섭[2]의 부하로서 사회부 기자를 지낸 그는 그때에 발휘한 사회면 편집에 대한 재간으로 그 뒤 〈조선일보〉 사회부장의 지위를 거쳐 지금[3]〈동아일보〉 사회부장의 지위에 있다.

〈동아일보〉 사회면의 편집 양식이 가장 정돈

---

1 憑虛: 현진건의 호.
2 염상섭.
3 이 글을 쓴 1931년 당시.

된 것은 빙허의 재간에서 나온 바다. 그는 세간(世間)적 천재다. 소위 일본말로 '쇼사이노 키구(小才の利く)'⁴하는 사람이다. 아무런 곳에 데려놓아도 그는 넉넉히 당하여 나아갈 만한 융통적 재간을 가진 사람이다. 그는 온갖 방면에 용의주도한 사람이다. 앞일을 할 때는 뒷일을 살펴보지 않고는 결코 착수도 안 하는 사람이다.

문인의 대부분이 앞뒤를 살펴볼 줄 모르는 방심한(放心漢)인데 반하여 그는 어디까지든지 용의주도한 재자(才子)⁵다. 만약 그를 거리의 잡저자⁶의 주인으로 내세울 것 같으면 거기서 또한 돈벌이를 잘할 주인 노릇을 할 것이다. 술을 즐겨 하고 술을 폭음하는 그로되 거기도 그의 용의주도한 성격은 나타나 있다. 상섭은 선술집의 외상이 20여 원씩 밀려서 그 때문에 길을 피하여

---

4 요령이 좋은.
5 재주가 뛰어난 젊은 남자.
6 문맥상 '잡다한 물건을 파는 장삿꾼'. 김동인의 작품 〈명문〉
에도 등장하는 용어.

다니느라고 쩔쩔맬 때가 있으나 빙허는 주머니에 돈이 없으면 술을 먹지 않는 성질이다.

술을 즐기는 사람은 술에는 앞뒤를 가릴 이성을 잃는다. 하지만 용의주도한 빙허에 있어서는 그렇지 않다. 이 용의주도함은 그의 작품의 위에도 충분히 나타나 있다. 그 기교에 있어서 조선뿐 아니라 세계의 어떤 소설 작자에게도 결코 지지 않을 만한 재간을 빙허는 가지고 있다.

그러나 재간은 한낱 재간에 지나지 못하는 것과 같이—그리고 재간이 사물의 정체가 아닌 것과 같이 작품에 있어서도 기교는 한낱 기교에 지나지 못하고 기교는 작품의 그 한 면에 지나지 못한다. 한낱 소재(素材)에 지나지 못하는 작품의 내용에 힘을 주는 것이 기교로되, 기교만으로는 작품이 성립되지 못한다. 더구나 너무 심한 기교는 때로는 작품의 내용을 흐려버려서 그 작품으로 하여금 생명이 없는 작품이 되게 한다. 아르누보식의 과도한 장식보다는 밋슌식7의 간단한 장식이 오인(吾人)[8]의 취미에 적합되는 것과 같이, 또는 극채색(極彩色)[9]의 회화보다도 소박한 부드러운 색조의 회화가 더욱 아름다운 것과 같이 과도한 기교는 오히려 그 작품으로 하여금 염증까지 생기게 한다.

그의 어떤 작품[10]에서 임질에 걸린 여인이 소변을 보는 장면을 읽다가 나는 그 책을 내어 던졌다. 그것은 순전히 묘사를 위한 묘사였다. 묘사 없이는 소설이 성립되지 않지만 묘사가 소설 전체가 아닌 것이니 만큼 공인(工人)의 힘이 없이는 공작품이 될 수가 없지만 공인의 힘이 공작물이 아닌 것과 마찬가지다.

다시 말하거니와 그는 세간적 재자다. 재능이 과한 그는 그 재능을 작품에 과용하였다. 때문에

---

7 mission style을 의미함. 서구풍이지만 화려하지 않고 단정하고 실용적인 양식.
8 '우리'의 문어적 표현.
9 아주 정밀하고 짙은 여러 가지 고운 빛깔.
10 현진건의 단편 〈타락자〉.

그의 작품은 기교에 졌다. 재($才$)와 질($質$)이 같이 어울려야 할 텐데 그의 작품에서는 재($才$)가 과하여서 질($質$)의 그림자를 흐려버렸다.

예전부터 영남은 많은 재자를 산출하였다. 건강은 하지만 창백한 얼굴의 주인인 빙허도 영남인이다. 영남인인 그는 전례를 따라 많은 재분($才分$)을 타고났다. 그러나 이 재분은 오히려 그의 작품의 힘을 죽이는 독약이 되었다. '소재($小才$)[11]를 버려라'. 이것이 내가 그에게 충고하고 싶은 말이다. 제촌($題村$)[12] 선택에 있어서 묘사에 있어서 조선의 누구보다도 앞선 그가 과한 소재($小才$) 때문에 아깝게도 그 작품을 흐려 놓는 것은 무엇에 비기지 못할 통탄할 일이다.

1931년 1월 〈매일신보〉 단평 중

---

11 변변치 못한 재주. 또는 그런 재주를 가진 사람.
12 제목($題目$)을 의미하는 것으로 보인다.

작품 해설

절제된 감정으로 현실을 담다

현진건은 한국 근대문학이 사실주의로 나아
가는 데 이정표를 세운 작가다. 그는 낭만적 감
상주의에서 출발해 점차 사회 현실을 냉철하게
바라보며 이를 작품 속에 비판적으로 담았다. 그
의 작품 세계는 자전적 경험을 바탕으로 한 초기
소설에서 출발해, 사회의 부조리를 고발하는 사
실주의적 단계, 그리고 식민지 현실을 역사 장편
으로 대응하는 단계로 이어졌다.

그의 작품은 절제된 감정이 특징이다. 인물의 침묵, 말끝을 흐리는 대사, 내면의 독백 같은 장치는 과장된 감정을 경계하면서도, 독자에게 깊은 울림과 윤리적 성찰을 남긴다. 그는 또한 사랑, 책임, 죽음 같은 문제를 도덕의 잣대가 아니라 인간 감정의 진실성 속에서 탐구했다. 이처럼 현진건의 작품은 시대의 현실을 보여주는 동시에, 개인이 감정과 윤리 속에서 어떻게 살아가야 하는지에 대한 질문을 던진다.

자유연애 주제의 선구적 시도

〈희생화〉는 현진건의 첫 작품으로, 신식 교육을 받은 청년들의 자유연애가 봉건적 가문의 질서에 가로막히는 현실을 다룬다. 작품은 1920년대 사회 변동기 속에서 충돌하던 가치관을 보여주며, 젊은 세대가 꿈꾸던 사랑과 자유의 욕망을 주제로 삼았다. 하지만 사실적 깊이와 문학적 완

성도 측면에서 다소 미흡하다는 평가를 받는다.

특히 여주인공의 동생을 화자로 세운 서술 방식은 사건을 어린아이의 시선으로 비추게 했고, 감정 표현을 과장하여 신파적 색채를 짙게 했다. 현진건 자신도 후에 〈데뷔작 발표 당시의 감상 – 희생화〉에서 자신이 추구한 사실주의적 · 심리주의적 문학 방향과 비교할 때 이 작품을 미숙한 습작으로 간주했다.

그럼에도 〈희생화〉는 현진건의 문학세계를 이해하는 데 중요한 의미를 지닌다. 자유연애라는 새로운 주제를 한국 문학에 본격적으로 끌어들였고, 봉건적 사회 구조에 대한 문제의식을 드러낸 작품이었기 때문이다. 이후 현진건은 이 작품을 발판으로 더욱 정교하고 현실적인 인물 심리 탐구로 나아가며 자신의 문학세계를 확립해 갔다.

시적 리듬과 독창적 언어 실험

〈그립은 흘긴 눈〉은 오랫동안 작가의 신변을 옮겨 적은 수필 정도로 여겨져 문학적 평가가 미흡했던 작품이다. 그러나 최근에는 한국 현대 산문에서 시적 리듬과 언어적 완성도를 탁월하게 구현한 작품으로 다시 주목받고 있다.

작품은 나이 든 기생이 자신의 젊은 시절을 회고하는 서사를 통해 인물의 복잡한 심리를 세밀하게 묘사한다. 단순한 회고담을 넘어 독자에게 깊은 몰입감을 주며, 100여 년 전 한국 단편소설이 태동하던 시기에 발표된 만큼 현진건의 독창적인 언어 실험을 잘 보여준다. 이는 한국 문학의 발전에 중요한 기여로 평가된다.

또한 〈그립은 흘긴 눈〉은 '소설은 사회의 반영'이라는 전통적 규범에서 벗어나, 언어 자체의 음악성과 미학적 가치를 탐구했다. 이는 현진건 문학 세계의 또 다른 면모를 보여주며, 한국 현대소설의 다양성과 실험 정신을 확장하는 이정표가 된다.

감정과 윤리가 만나는 지점

현진건의 단편소설은 감정과 윤리, 기억과 현실, 서정과 사실이 교차하는 지점을 섬세하게 포착한다. 그는 단순히 사회 현실을 고발하거나 개인의 감정을 묘사하는 데 그치지 않고, 감정을 통해 인간의 윤리를 사유했다. 특히 침묵과 시선 같은 절제된 표현으로 내면의 진실을 효과적으로 드러냈다.

이러한 서술 방식 덕분에 개인의 감정은 단순한 사적 체험을 넘어, 독자에게 윤리적 의미로 확장되어 사고하도록 유도한다. 이처럼 그의 단편은 감정과 사회, 개인과 제도의 긴장을 예리하게 보여주며, 한국소설이 정서적 깊이와 심리적 정밀성을 확보하는 데 중요한 전환점이 되었다.